LEONARDO CHIANCA

O MENINO E O PÁSSARO

ILUSTRAÇÕES
DAISY STARTARI

editora scipione

Esta é a história de um menino de cabelo violeta.

É a história de um menino de cabelo violeta na Floresta Amazônica.

O menino de cabelo violeta andava há vários dias à procura de um pássaro que só ele conhecia. Era o pássaro dos seus sonhos.

Nos sonhos do menino de cabelo violeta aparecia um enorme pássaro branco, de longas asas brancas com as pontas vermelhas. E a cabeça do pássaro tinha uma faixa de penugem violeta, como o cabelo do menino.

O menino pediu a um tatuador que desenhasse no seu braço esquerdo o pássaro branco de longas asas de pontas vermelhas e cabeça de penugem violeta. Assim, nunca esqueceria dos seus sonhos. Poderia mostrar a tatuagem para outros meninos e meninas e perguntar se conheciam um pássaro igual àquele.

O menino encontrou o índio Iatã, de pele vermelha e cara pintada de branco.

Ele mostrou a tatuagem para Iatã e perguntou se, por acaso, tinha visto um pássaro branco, de longas asas brancas com pontas vermelhas e cabeça de penugem violeta.

O índio Iatã respondeu que não conhecia tal pássaro, mas que o menino o encontraria depois de meditar sob os céus da floresta. E Iatã, por trás da cara pintada de branco, disse também que seria preciso aprender a voar para alcançar o pássaro.

O menino ficou assustado com o que ouviu. Apertou os olhos de raiva por não saber voar e, quando os abriu, o índio havia desaparecido.

O menino não se conformava em não encontrar o pássaro branco dos seus sonhos. Caminhava tristonho pela mata, quando se deparou com o índio Cauê, de pele vermelha e cara pintada de amarelo.

Ele mostrou a tatuagem para Cauê e perguntou onde poderia encontrar um pássaro como aquele.

O índio Cauê respondeu que não conhecia tal pássaro, mas que o menino o encontraria depois de muito nadar nos rios da floresta. E Cauê, por trás da cara pintada de amarelo, disse que seria preciso mergulhar fundo em águas nunca antes exploradas para alcançar o pássaro.

O menino não entendeu nada do que ouviu. Olhou para o céu e, quando voltou para o índio, ele havia desaparecido.

O menino, já cansado, não compreendia o que o impedia de encontrar o pássaro branco dos seus sonhos. Caminhava mais triste ainda pela mata, quando se deparou com a índia Maíra, de pele vermelha e cara pintada de azul.

O menino mostrou a tatuagem para Maíra e perguntou onde poderia achar um pássaro como aquele.

A índia Maíra respondeu que não conhecia tal pássaro, mas que o menino o encontraria depois de muito contemplar as árvores da floresta. E Maíra, por trás da cara pintada de azul, disse que seria preciso conhecer o perfume e as cores das árvores para chegar ao pássaro.

O menino ficou ainda mais confuso com o que ouviu. Encolheu-se todo com vontade de chorar e, quando quis conversar mais, a índia havia desaparecido.

O menino de cabelo violeta, quase sem forças, caminhou pela mata até chegar a um rio de águas escuras. Com sede, curvou-se para beber e viu seu rosto refletido como num espelho. Emocionado, derramou uma lágrima na água, dissolvendo sua imagem.

Foi quando avistou um tronco que se estendia sobre o rio como um trampolim. Subiu na madeira, olhou para a frente e não enxergou a outra margem, apenas água. Um mundaréu de água.

Respirou fundo e sentiu o cheiro da floresta. O cheiro da terra, da água, da madeira, das folhas, das flores, dos bichos... tudo junto. Foi como se uma lufada de vento o invadisse e tomasse conta de todo o seu corpo.

O menino sentiu-se mais forte. Algo estava mudando nele. Com coragem para saltar, deu impulso a seu leve corpo e mergulhou o mais profundamente que pôde.

Ao penetrar na imensidão daquele mundo desconhecido, ouviu um barulho forte, um eco estranho. Teve a sensação de que o mundo lá em cima tinha ficado para trás, distante, muito longe.

Enquanto nadava, seu cabelo violeta balançava solto, suave como pluma.

Nas profundezas do rio, bem lá no fundo, o corajoso menino de cabelo violeta viu uma casa enorme, rodeada de flores vermelhas.

Sem perder tempo, entrou no casarão, percorrendo corredores imensos, como um príncipe submarino.

O menino já estava sem fôlego. Resolveu pedir ajuda a seus amigos indígenas. Ao abrir a boca para chamá-los, uma grande bolha de ar se formou em torno dele. Ansioso por sair da casa, ele se agitava dentro da bolha. Conseguiu passar por uma imensa janela, e a bolha foi subindo com ele para a superfície.

A bolha saiu da água e explodiu no ar, lançando o menino de cabelo violeta para o alto, em direção ao céu.

Lá de cima, o menino percebeu que as árvores eram bem diferentes. Surpreso com tantas cores, respirou fundo e sentiu distintos perfumes, deliciosos aromas.

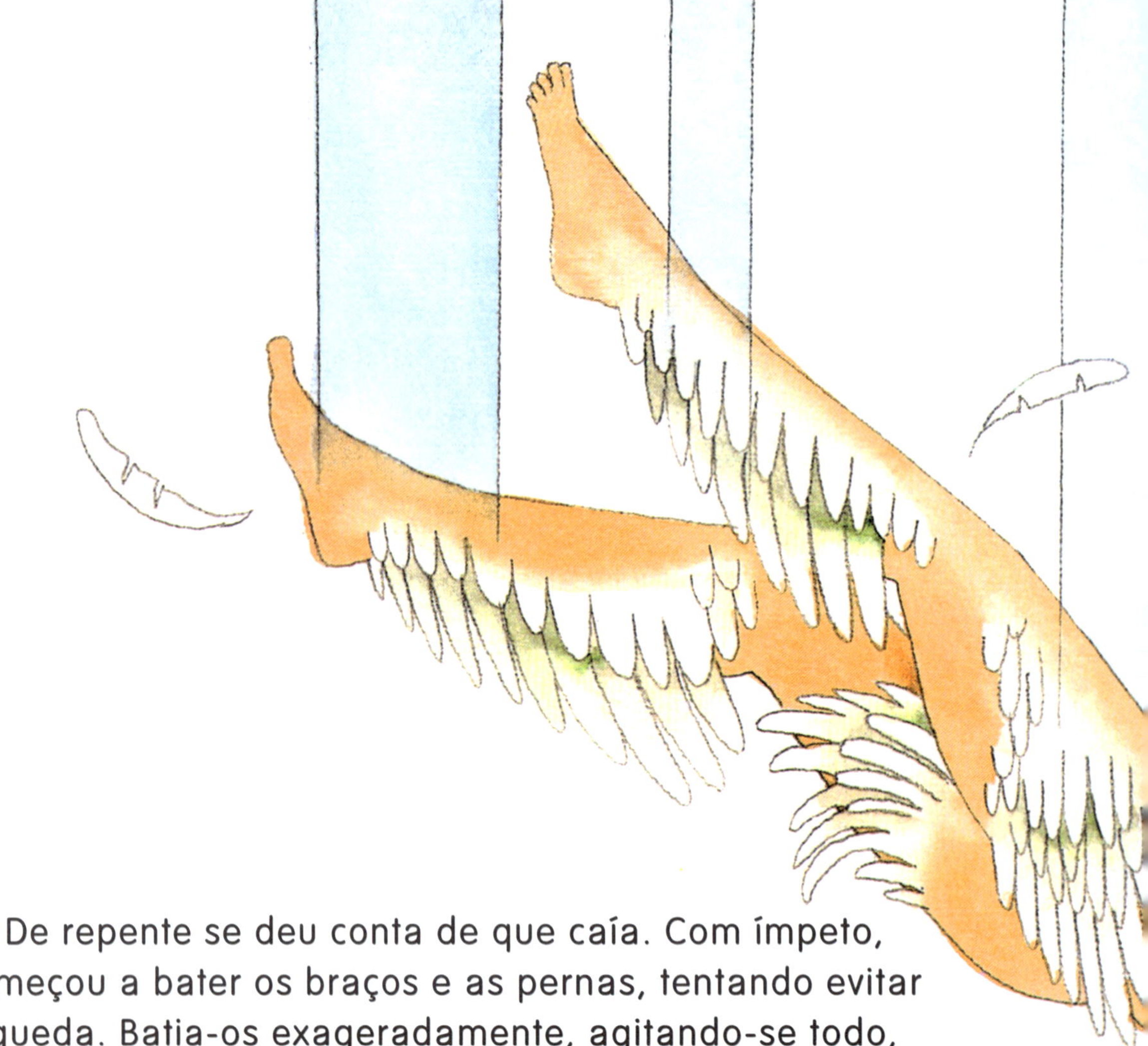

De repente se deu conta de que caía. Com ímpeto, começou a bater os braços e as pernas, tentando evitar a queda. Batia-os exageradamente, agitando-se todo, com muita vontade de voar.

Enquanto lutava para manter-se no ar, seus braços foram se tornando asas, enormes asas brancas. Seu corpo foi se transformando, criando uma penugem branca, virando o corpo de um pássaro.

O menino finalmente percebeu o que estava acontecendo. Começou a voar e a controlar seu voo. A cada bater de asas ficava mais feliz! Voava leve. Olhou para as pontas de suas asas brancas: estavam ficando vermelhas.

O menino sentia-se imensamente feliz. Era agora um pássaro branco, de longas asas brancas com as pontas vermelhas e penugem violeta na cabeça.

Como nos seus sonhos.
Como na tatuagem que fez.
Como imaginava quando
andava na floresta.